Hasta que el silencio
se llenó de aceras

Hasta que el silencio se llenó de aceras

Pedro Letai

Mantener una herida puede ser rentable desde un punto de vista artístico. Pero sólo los muy fuertes, o quienes han recibido un gran daño, aguantan toda la vida con ella abierta.

MARCOS GIRALT TORRENTE

Almost didn't get here tonight.
Had a flat tire, there was a fork in the road!

BOB DYLAN

(Hollywood Bowl,
Los Angeles, California
22 de junio de 1999)

ILUSIONES

LA juventud es un castillo de diamantes que va apartándose del vértigo poco a poco, despacio. Luego ya solo es un retrato de este museo, en alguna esquina.

La juventud es también, y mucho antes, un misterio. Un misterio corriente. Un misterio humano.

La juventud ocurre y se ve atravesada -de una sola manera y ya para siempre, pues el homenaje será perpetuo- por el amor.

Cuando uno es joven hay ilusiones -intuiciones, hay imaginaciones- que, con la experiencia, paradójicamente, no volverán. Pero el amor.

El amor irrumpe profundo y nos deslumbra y nos contagia los huesos y se vuelve nuestra respiración y nuestra voz, voz propia.

Nos radiografía el alma y nos descubre desde el alba o el paso de los años hasta los asuntos más oscuros y terribles.

Nos eleva a la vez que es un monstruo que nos enseña a desconfiar.

Evolucionar o convertirse en una caricatura de uno mismo. Tener las mismas opiniones -los mismos gustos- toda la vida o lo sospechoso de ser cada vez más maduro, cada vez menos barroco, cada vez más distinto a todo, pero siempre igual.

CERRAR LA PUERTA

TENGO que ponerme al día y tengo miedo a los cambios, las claves ocultas, los ajustes de cuentas, los golpes. Tengo miedo a los golpes bajos, porque duelen. Me he llevado ya unos cuantos.

Conozco tempestades, máscaras, esquinas, héroes, bofetadas. Bofetones y payasadas. El bufón abofeteado he sido yo. El payaso excéntrico. El desgarro de las bofetadas.

Las habitaciones cerradas, cerrar la puerta a las habitaciones, separarlas. El corazón pequeño y frío. El hombre invisible que siempre quisiste ser.

Tiene que haber al menos un pequeño desván en el que guardar cosas que no pueden mostrarse.

A nadie, bajo ningún concepto. Ni siquiera a ti mismo, a ti.

Cada noche está repleta de ventanas y de secretos -y no solo cada noche, sino cada mano y cada baile- y esas ventanas y secretos están a su vez repletos de secretos y de ventanas que tan inquietos, y tan pálidos, y qué culpables.

La juventud, el amor.

El nido del mirlo, el refugio del cisne.

GAVIOTAS O ASÍ

LA tempestad y después la realidad transfigurada y las cruces que sostienen los sueños.

Pasé de aprendiz a hombre y fui tan fiel a mí mismo y tan lo contrario con todos los demás que cómo no iba a condenarme a una genial y terminal soledad.

Los primeros caminos fueron desmontándose hasta quedar contaminados y al margen.

Me inventé un personaje sombrío y vencido, desconsolado. Un tópico pobre pero puntual. La buena voluntad -la mejor- llegó, sin embargo, tarde.

Las gaviotas se asustaron al ver partir tantas ilusiones.

Todas juntas, histéricas, irrecuperables.

ERAS UNA HISTORIA DE AMOR

HE decidido escribir aquí algo personal sobre ti.

Habías planeado desde hace casi veinte años lo que sucedería, porque tú harías que sucediese. Pero evidentemente algo salió -¿algo hiciste? - mal.

De lo demás la insistencia, la huida, los miedos y el creer en los fracasos llegando a tus manos.

Se volvió todo demasiado confuso. *Solo la página 127. Solo me gustó la página 127. Capítulo 45.*

Me da rabia porque es una historia que me pertenece. Me acordé de aquel poema de Antonio Martínez Sarrión. Me gustó tanto que quise tener todos los libros de Martínez Sarrión.

Pero desgraciadamente no es tu mundo. La vida es demasiado corta. No te queda tanto tiempo como me gustaría.

PALLACANESTRO, PALLACANESTRA

ELLA era joven y él era joven e italiano. Los primeros días del verano olían a limón. Acababan de asfaltar nuestra calle. Se fue con él.

Escuché sus risas. Me apuñaló cada palabra de ese idioma excepto esta, porque se parecen tanto.

Pallacanestro. Pallacanestra.

Las dos tan largas y tan flacas.

Las dos escondiéndose, tan chicos, tan femeninas.

Piénsalo un rato. Imagínalas con el pelo suelto. Míralas, por el amor de dios.

QUIERO IRME A CASA

NO te resistas al olvido. Apunta rápido lo que veas porque mañana ya no lo recordarás. Una historia de amor tan vulgar y tan única, tan generosa y tan mezquina como cualquier otra.

Cuando el tiempo quema / y el destino se hace esperar / pido entonces tu clemencia / golondrina pálida / agua clara, sabe a hiel.

Fuiste un farsante, un insensato. Un desdichado que amó a las mujeres más bellas. Fuiste la distancia -el mejor tiempo- entre los sentidos y los sentimientos.

ESCENARIO

PERDER es el gesto más noble de la vida. Pero no hay que engañarse.

Perder es ser el otro y ser uno mismo, pero no hay que engañarse si al frente llegan selvas que no entenderás, dolores inútiles, el sedante del *Johnny Walker*, unos instantes de ficción y noche cerrada.

Y para el corazón -mío- qué.

El escenario y los consejos son los de siempre, más de lo mismo: los ojos verdes, las calles, los bares y gorriones, la lluvia, los parques, las aceras, los ojos tristes, las plazas, el amor de los otros, los nombres de los otros, las llaves de los otros.

Nunca llegabas -la realidad imposible-, toda la noche para intentar leerte lo que quise decir.

-   *Vete a dormir.*

Un poco harto de dolores inútiles. Apaga la luz, la niebla, *empieza, duerme.*

Duerme un largo olvido, un largo sueño que por sorpresa y en toda la noche no te dice nada, no se puede repetir, no pregunta, no tiene miedo, no te olvida, te echa de menos.

LA HISTORIA DE TU VIDA

NADIE puede decirte cómo va a ser tu vida. No. Y nunca será como esperabas.

Vivir, elegir. Tu vida, tu historia, no la sabe nadie.

Habrá combates de boxeo interrumpidos. Y tiros al aire.

Una memoria que arde con el calor de la vida.

EL VERANO QUE ESTUVISTE EN LA PLAYA

CRUZASTE ante el sol y se desvaneció de nuevo y estabas negra al sol y cabalgaste fuera de ese mar desvanecido como fantasmas quemados con las patas de los animales agitando la espuma que no era real y te perdiste bajo la luz como te perdías en el lago.

Y brillaste y se arrastraron nuestras palabras -las últimas- y se separaron las fotos -juntos- y fueron despegando con retraso los aviones.

NO ES EL MAR, NO ES EL INVIERNO

SUS paisajes, las vidas, sus personajes, lo que sientes por mí. Seguro que se parece -diferente, tal vez más simple- y te gusta un poco aunque los detalles, claro, los detalles.

Los detalles de lo anterior, los rastros, recortarlos. Eso lo pueden hacer muy pocos.

Ser original. Mantenerse. No caer, no engancharse.

RETRATADO,
IRREPETIBLE

SE derrumba la nieve hasta cubrir del todo una guitarra. La parte primera del horror. El talento, a tu manera.

Las cosas que sentirás cuando acabe el mundo y quieras estar solo, tú, tus cosas. Mil veces y mil cosas. Solitarios todos.

El amor y sus retos de oro. Los buscamos, los estuvimos buscando hasta el final. Existimos, crecemos, nos apagamos.

La polvareda, las mañanas de cada hombre, los puentes que no existen y las llamas y los niños y los tipos fuertes, o duros. Los tipos fuertes.

Los hombres fuertes o intocables que no fuimos.

HUELES A TRUFA

NO llegué a saber de qué color eran mis ojos.

Conocí el color de los tatuajes, de las canicas, de los nudos y del hambre.

Dónde empezaba la raíz de sus uñas. Cuándo terminaban los latidos en su sien. Cuándo.

Fui un tren y tantos días un viajero que al despertar no sabía si vivo o muerto. Si las promesas volaban delante o detrás de mí.

Volver a cerrar los ojos. Preguntarme si esta vez mi alma cabría al fin entre sus manos.

Nunca fingiré ser lo que fui.

- *Hueles a trufa.*

Se derrumbaba el sol y cambiaba la mañana.

- *Te lo dije anoche. Y también la última vez.*

SI ERES UN PÁJARO YO SOY UN PÁJARO

MOLDEAR el mundo a nuestra conveniencia invita a todo tipo de paradojas y dificultades. El deseo de nuestra vida de vigilia.

El que vivimos es un mundo oscuro. No creo que pueda ser mejor de lo que tú le permitas que sea contigo. No te va a dar muchas sorpresas si entendemos esas sorpresas como buenas noticias.

Los ángeles caídos, ojalá. Amaneces solo, pero por la noche se cae el orgullo y del mismo modo la vida se nos mete dentro, de lleno

Entonces cada *hasta mañana* es en realidad *ya nos queda un día menos*.

ENTRE AVES EL
ALAMBRE

NO es una fantasía, no lo quieras ver así. Ni es nostalgia. Esquiva cuanto puedas. *Tienes lo que mereces.*

Tienes que... Y todo eso.

La rabia, caótica. El desafío de la ternura. Reconocer la pasión. Conocer la pasión del principio.

El amor, hacerlo. Hacer el amor.

Acariciar. Morder, *mi amor.* El orgullo, proteger la sumisión. Nadie ha estado ahí, nadie te lo va a contar.

La desolación grande y el vacío que te regalan las horas últimas del presente -de lo que fue-, de esta madrugada de domingo al borde de otro verano.

Perder   -abandonar personas, cosas-, perder todo menos el dolor.

Las despedidas también hay que escribirlas. Con ternura infinita. Con la tristeza grande e inteligente -es lo mismo- de los mejores amantes.

PALABRAS SUELTAS EN LA BASURA

PARÉ en seco. Vivo, lejano.

No era capaz. Calculé que, más o menos, ya llevaba un par de días sin dormir.

Lo poco que nos queda por hacer. Palabras sueltas, olores, regresos apagados -cada día-, rincones.

Como si me hubiera pasado un tren por encima.

WILL YOU LOVE ME IN DECEMBER AS YOU DID IN MAY?

ASÍ de loco te puedes volver a bordo de un naufragio. El ejército enemigo, guardar las formas, los trenes, el talento. Los trenes puntuales pero inseguros y el talento de los demás.

El aire en las ciudades, los oficios, mi madre, los peces y el jazz, mi madre en la ciudad inmóvil.

Hay más cosas, *sujétame la copa y sujeta la cámara*. Mañana es nuestro turno, todos mis poemas, algunos versos buenísimos que no te puedes perder, tus poses y tus opiniones, el dinero no habla pero los pervertidos y su vida de pervertidos, la nuestra.

Los mejores. La última temporada juntos fuimos los mejores.

Tú, yo y el *Vips*. Un drugstore era la mejor librería de la ciudad.

EL SUELO DE LO NUESTRO

AGUA, whisky, sudor, *912365397*. Y el tiempo, que no pasa. No pasa el tiempo.

Esconderse, ocultarse, aprender. Una maleta abierta y otra cerrada. Aprender a vivir situaciones sufridas, límite.

El mundo que te ha tocado, el suelo de lo nuestro, hecho añicos el arraigo.

Pero el suelo que pisas, conócelo. La aventura de descubrir, de la sorpresa, de lo enigmático.

Es una posibilidad. Es el mundo, simplemente.

JULIA EN LA SOLEDAD
DE LOS HOTELES

POR eso mismo estoy aquí, tan despierto. El cielo oscuro, las espadas, las plumas, las habitaciones.

Como cuando tú y yo y los insultos duros. El servicio de habitaciones y los secretos y el servicio secreto. No fue un sueño, no. *Última parada. Fin de trayecto.*

Nuestras vidas dejaron oro y dejaron ángeles sobre tus hombros, en tus ruidos (los recuerdo, tu respiración), amor.

Los malos augurios en los hoteles, en los aeropuertos, los recuerdos desganados arriba, en el cielo.

Era domingo y tú no llegaste
pero cambiaron las cosas. Se
vació la noche y al mismo
tiempo la luna se llenó sobre
Charleroi, tan arriba, muy arriba.

SALITRE Y RUINAS

DE aquellos años uno tras
otro tu voz azul, las palabras
que saben robar los días, las
playas que se repiten como el
sueño, los pájaros, el cielo, las
aves, la luna, los hoteles, las
carreteras.

Las casas iluminadas. Ver
los trenes pasar.

La memoria entre las
heridas de la arena, los poetas
que solos en una habitación

ven caer la lluvia, los relojes alertando de que cierran las gasolineras.

Los peces de colores, los números, la fecha en que desmontamos la cuna, díselo, *Tell Laura I Love Her*, quédate.

YO TENGO CLARO MI DESEO

¿PERO qué es tu vida? ¿Puedes verlo? Se esfuma momento por momento, se desvanece hasta que no aparece más.

Cuando miras el mundo, ¿hay un momento en el que lo visto se convierta en lo recordado?

¿Cómo están separados? Es lo que no tenemos forma de mostrar. Es lo que falta en nuestro mapa y en las imágenes.

Y, sin embargo, es todo lo que tenemos.

INTENSAMENTE ROTOS

YO no puedo borrar mi vida, mi amor en vilo, mis hijos, mi época o di memoria o melancolía.

Y si pudiera sería despacio; la carretera a la sombra, mis viajes, las tardes y las horas impares al alba, las noches, los párrafos sueltos, diarios, la estructura y el estilo, los años.

Las décadas perdidas.

ENTONCES SIN DESDIBUJARLO

LA primera en la vida. La primera vez que me gustó.

La primera canción, la primera chica, la primera noche en vela e intranquilo a espaldas del tiempo.

Más tarde perder y mucho más tarde aprender a perder y a ganar únicamente en mis poemas. Solo drogas y una tumba   -supuestamente pasajera- y un puente aparentemente levadizo.

Un semáforo resbaladizo, diez años de rosas de seda; los rascacielos, lo contrario de los rascacielos.

Caminar desconocido y borracho -al contrario que los rascacielos-, bordeando las carreteras, distanciado de los hijos y las revistas y los padres.

Ser la penúltima llave de los últimos objetos perdidos. Los idilios. Asombrosos, desnudos, raros.

Lo que te atraviesa -es aún innombrable- cuando lo descubres. Ya eres solo la mejor foto en cada casa.

LA TARDE EMPIEZA

DEJAMOS de bromear y mejoraron mucho nuestras cortas y felices vidas. Les fuimos cambiando una y otra vez las últimas frases.

Tener o no tener -pero llegar a fin de mes- fue siempre muy bonito. Aunque muy difícil de entender.

Todo lleno de muertos y de estrellas. No quisiste molestar pero tampoco aguantar, y te derrotó el tiempo. Triunfador y estrella, no es lo mismo.

No es el mismo caso, el mismo paseo, la misma época.

La misma leyenda o los mismos accidentes, no. No es lo mismo.

EL DINERO NUNCA SE ACABA

UNA sombra peligrosa y, por tanto, una mala idea.

Escuchar y correr a través de la lluvia. Los tigres, las canciones, los cisnes respirando aliviados, los caballos tan, tan veloces.

Los golpes de vida que crujen y parten la soledad en millones de pedazos. El resplandor del rayo que se desliza, el dinero que nunca se acaba, los dragones que pasaron frío.

EL SUR, LOS VIAJEROS QUE PARA ESO ESTÁN AQUÍ

¿DÓNDE estarán todos? El débil, el voluntarioso, el payaso, el fuerte luchador, los brazos partidos.

Dónde estarán durmiendo, con fiebre, quemando la vida, quién habrá muerto en una reyerta, quién habrá inventado otro dios, quién en la cárcel o debajo de un puente o dejándose caer de un puente o trabajando y sus mujeres y sus hijos.

Todos están durmiendo en la colina. Sus almas sencillas, sus ruidos, su orgullo, su felicidad.

Las carreras de caballos, la nieve aplastada, los hijos muertos. Todos durmiendo en la colina, al sur.

Los partos, los amores frustrados, las manos brutas de los hombres guapos, los burdeles, el orgullo roto en los burdeles, la búsqueda, el deseo, el corazón.

Dónde estarán, lejanos, ya casi después de la vida. Todos bajo la antorcha de la aventura han dormido alguna vez en la colina.

CAPITAL DEL MUNDO

TU angustia es solo otra versión de la misma vieja

historia. Algo cambió. En algún punto de la línea dejaste de acelerar. *Lo que tenga que pasar, pasará.*

Las grandes mentes se hunden por igual. Pero hay una nobleza miserable en fallar solo.

Nadie. Nadie puede imaginar lo que es para ti ser tú. Solo pueden imaginarse a ellos mismos siendo tú.

POR QUÉ ME MIRAS TAN RARO

TU presencia aquí es solo una cuestión de realizar un experimento de los límites.

Recordarte a ti mismo lo que no eres.

Una reacción en cadena. Los desastres, uno tras otro. Sin sentido.

Y esa sensación eterna -¿por qué me miras tan raro?- de estar fuera de lugar, de estar siempre a un lado de uno mismo. De verte en el mundo y preguntarte por los demás, si es así como también se sentían.

Creer siempre que los demás tienen más claro lo que están haciendo. Y normalmente se preocupan menos por los motivos.

Crecer es también aprender a entender que no vamos a poder tenerlo todo.

LA CONCIENCIA A PUNTO COMO UN ESTALLIDO

ME cansé del trabajo y la pobreza, de acostarme cerca de las tumbas y robarle una noche a cada viaje.

Ahora la ley somos nosotros. Tomamos nuestros caminos. Dormimos plácidamente los unos junto a los otros.

La crueldad secreta de la juventud y de la belleza.

Vienes con los ojos abatidos y la cara demacrada.

Fuiste mi fuerza, mis minutos y mis horas descalzas. Mi vida líquida, mi fiebre, la luna.

Los días pasaban como sombras. Los minutos rodaban como estrellas.

Tú un retazo de arcilla y mis pensamientos gotas inservibles, secretas, en la boca -y los dedos- del escultor.

La piedad de mi corazón convertida en sonrisas. Volé detrás de ti mientras pensabas profundo y al mismo tiempo el dolor y el miedo.

Tus mejillas hundidas. Mis ojos con pena.

Un alma peleando contra siete diablos.

No era mía, no era tuya.

Me sostuviste y luchamos contra los temores. Caían uno detrás de otro, y el odio.

ABAJO EN LA CALLE

GOLPEÉ las ventanas, agité los tornillos, me escondí en una esquina de una esquina.

Te perseguí.

Te busqué de por vida.

NO DEJES QUE TU TRATO SE DERRUMBE

Y no dejes que mientras esperas lo mejor te muerdan las ratas. No lo harán.

No preguntes.

- *No, no te morderán.*

Pero la mano gigante que te atrapa y te destruye.

Abre el día y las trampas, las venganzas, las ferreterías. Hazte con tu alma, con tu anhelo, con una mujer -con dinero, ¡*cásate*!-, opérate la vista, piensa en tu lugar en el mundo, piensa en tu poder.

Hay trabajo que hacer y cosas que conquistar. Hay cables y putas. Y cebos.

Por fin entras, escuchas un paso, la vida entra en la habitación. Aquella chica te miraba con ojos ardientes, fruncía el ceño, se reía, se burlaba y te maldecía. Corría arriba y abajo.

Tu miseria, las trampas. Esperar la primavera.

BLANCO

SU vida. Fue suave.

NEGRO

LA vida no fue suave para él, fue una mala mezcla. Un viento amargo ralentizó sus pétalos. Y se veía.

No tenéis ni idea -los gobiernos, los procesos-, no conocéis las fuerzas invisibles ni los caminos del viento.

Vosotros, los vivos. Qué. Vosotros.

GUAPO

Y joven. Guapo y joven.

Después *un hombre común*, un tipo normal especializado en hacer frente a adversidades como rompeolas.

No tanto, pero un drama, sí.

LOS DELFINES DE LOS CAMPOS ELÍSEOS

DÍA a día los vivos siguen todas las vidas -siguen con sus vidas-, los puedes ver, es fácil.

Tú prestabas poca atención y decías *es salado* si alguien te parecía guapo. Pero si lo decías es que no te había gustado en serio.

Si de verdad te gustaba alguien, callabas. Tus ojos confesando la nada hecha pedazos, tu cabeza azul en verde, tu humor extraño. Imaginabas peces, peces mojando París.

Tuviste cientos de amantes a los que no podía ni ver, yo. Me enredaba pensándoos juntos, calientes y luego fríos, volviendo con frialdad cuando ya se han tirado abajo los ases, los faroles, los descartes. Volviendo solo por haceros compañía.

Después pensaba que, tal vez, no hubiera nada mejor -más roto, más crudo, más

cierto- que eso. Hacerse
compañía.

Tenerte cerca. Volver a
empezar.

Terminaste por elegir. No
me hiciste ni puto caso.

ES QUE CAZABA
PALOMAS LENTAMENTE

Y luego me sentí triste
porque entendí que, una vez
que las personas se rompen de
cierta manera, nunca pueden
ser reparadas, y esto es algo que
nadie te dice cuando eres joven
y nunca deja de sorprenderte a
medida que envejeces. Ves a las
personas en tu vida romperse
una por una. Te preguntas

cuándo será tu turno o si ya
sucedió.

De qué color es el prejuicio
o la tentación. De qué color es
la curiosidad. Ahora me siento
profundo, anticuado. (*Solo unas
horas.   Y   luego   qué*).
Profundamente anticuado.

Sustantivos,   nombres,
ubicaciones,   referencias,
noches de asilo, direcciones
caducas, amores de repaso…
Ciudades.   Y   retratos   y
condenas colgando de un hilo.

Todas las previsiones han
fallado.   Nosotros   también,
todos nosotros.

Mañana   será   un   lugar
diferente. Eso está claro. Igual
que contigo estaba claro dónde
empezaba el cielo y dónde
terminaba la tierra. Estaba
clarísimo.

EL FAVORITO

DAR a luz para que perdamos la vida. Los portales de polvo de la juventud.

Quién nos ama, quién nos mata. A quiénes debemos agradecer tantos y tan diferentes odios.

Yo he sido un borracho, tomad nota vosotros, almas prudentes de la ciudad, presencias -almas- piadosas.

Se negaron a enterrarme cuando llegaste como un regalo inmenso. Mi buena fortuna.

FUIMOS A DONDE EL MUNDO TERMINÓ

Y se cruzan las corrientes de la vida: el honor de los muertos, la vergüenza de los vivos.

BLANCA Y AZUL, A RAYAS HORIZONTALES

CÓMO sucede. Poco a poco. Estudiante, abogado, antes aquel concurso de relatos y el primer premio -dos años seguidos- que en la clausura del curso nadie escuchó, jamás, pese al silencio.

Escribir palacios, estudiar *justicia*, cómo sucede, dime. No te querías ir.

Acostarse sin llamar, olvidado. La ciudad y sus borrachos, los bloques de mármol, las urnas, la naturaleza, los estados de ánimo.

Qué irónico, ¿verdad? Así sucede.

El fin de semana, sus flores. No te querías ir.

LOS ESCALONES ERAN ALTOS

(y contestó que no)

PASANDO uno a uno como por un camino gris; como por fuera de la vida.

Los amigos.

El consuelo constante de los que fueron compañeros, sin más.

Los perros. Los niños y las niñas de los amigos, hombres y mujeres.

La gloria detrás de las falsas aspiraciones. Conocer la vida (la vida se conoce por la mañana).

La bebida diciendo excitados *mi camarada*. Las

camas diciendo hambrientos *mi compañero, mi pareja*. Qué vergüenza ahora.

Entonces ella, que me sobrevive, agarró mi alma. Con trampas, con sangre, con muerte, casi.

Casi con muerte.

Hasta que detrás de la oficina, en una habitación rota, indiferente, yo acurrucando bajo mis huesos la voluntad.

Sigue adelante el mundo loco. Tu nariz preciosa.

Nuestra historia se pierde.

En silencio.

LAS VACACIONES
MUERTAS

ESTOY intentando encontrar las palabras. El tono bajo de la que una noche extraña intentó quedarse y ser mi poesía.

La ansiedad que se desborda y al volver es inerte y al empezar *–begin the beguine-* es suave.

La confianza. Los sentimientos. Las respuestas.

LANZAROTE

FUE al lado de la oficina, una trampa. Me desangró el

alma. Me atrapó hasta casi la muerte.

Corrió el whisky, el buen oído y el gusto delicado. Pero la mayoría ya no me amaba. Era compasión. Atados a mí, nada más. Me compadecían.

El ritmo que va y que se repite, de la mañana a la noche, nuestras cosas hechas pedazos, las deudas, el espíritu orgulloso de los mortales.

Soy el mismo hombre cada vez que pienso en ti. El mismo hombre mientras tú dudas si lavar el coche porque te dices que, como siempre, si lo lavas enseguida lloverá.

El mismo hombre cada vez que nos vemos paseando a algún perro, tan lejos de casa.

Cada vez que nos vemos,
qué guapa estás.

RUMBO AL PUERTO

UNA guía y esta ansia
(*desmedida*) por ser un imán y a
la vez un prisionero. Que el
presente sea el futuro. Que a lo
que ya nos resignamos le
llamemos *destino*.

Un faro, desde entonces. Lo
mejor que hubo en mí.

Todo lo que no son estas
tinieblas, estas noches.

EL VIENTO EN LAS VELAS

(La fortuna)

A la ciudad no le interesan los corazones, ni al corazón realmente la vida que late.

Cuando todos los que se mueven hoy por la ciudad estén muertos el murmullo de la gente y sus idas y venidas seguirán sonando. Lo único serán las caras, eso sí, los rostros, otros rostros.

Entonces te cogeré de la mano mientras despegas hacia la luna.

Y te recordaré hasta el final. No importa por qué.

MUÉVETE SI PUEDES

YO a veces sujeto los recuerdos conmigo. Los recuerdos pueden partir aviones.

No terminan nunca. Me aburren. Siento que nada será mejor.

Los lugares donde vivimos no terminan nunca.

TAN FELIZ QUE NI ME ENTERABA

SE pone el sol -*qué cenaremos hoy*- pero la mejor manera de

vivir es no saber -no pensar-
qué va a pasar, qué educación,
qué experiencia, qué vamos a
ser.

Vamos a ser.

En quién se puede confiar.
En quién se puede confiar para
tratar con ella.

No pares. No te detengas a
pensarlo.

VETE AL SUR

LA mente te lleva consigo -
lejos de lo que se supone que
debes hacer- hacia cosas que no
se pueden explicar.

Hacia la dificultad, la falta de claridad, el sur, hacia el sur y hacia la luz del atardecer.

TU NOMBRE LO DIJO ALGUIEN CON ARENA EN LOS ZAPATOS

DEMASIADO sexo. Tres o cuatro estrellas fugaces y saber perder. Saber perder, sí.

Diciembre, octubre, agosto. La vida frente a los espejos -al revés-, la falsa libertad del *lo que sea* y los diarios pegados bajo el calor de lo que *está bien* pero es mentira.

Cada palabra era una lucha. Fue. Y sé que tú lo sentiste así.

¿YA LO TIENES?

LOS ojos llenos de lágrimas y de deseo.

Hacemos cosas asombrosas con las manos.

Y entretanto la muerte.

CAJAS DE CARAMELOS

LAS cosas no son como queremos. Tampoco lo son las personas que amamos o con las que simplemente crecimos.

La tristeza de descubrirse limitado e incluso, aunque sea de manera involuntaria, de saberse cruel.

Las vidas de nuestros padres -incluso aquellas envueltas en la oscuridad- nos ofrecen nuestra primera y firme seguridad de que los acontecimientos humanos tienen consecuencias.

Pasan cosas. Y aquí estamos, después de todo.

HASTA SUBIR ARRIBA

SE despereza el sol sobre la línea del mar. Se mantiene ahí y después ya tira para arriba, dejándonos en el suelo. Y así cada día.

Se encuentran para amanecer. Hablan de música, de libros, de los años sesenta, setenta.

Son bastante felices, parece. Dicen al alba nombre distintos cada día.

Recogen cada día del suelo trozos de vida, y se felicitan.

¿VES LA LUNA?

NO hay momento que supere en belleza y emoción al de mirar a una mujer y descubrir que ella te mira igual.

De la misma manera que ella te está mirando tú la miras a ella.

LOS CHARCOS BAJO
LOS INSECTOS

A tu esperanza de que no me abandonara le debo todo lo que fui en la vida. Se lo debo a tu amor, que me vio todavía tan bueno.

Tu amor no fue desperdiciado, ni en vano (*Is your love in vain?*). Déjame contarte la historia.

Salí al mundo, los problemas, cada peligro, el vino y las mujeres. La alegría de la vida.

Una noche y de pronto pensaste en mí. Los ojos negros, las lágrimas.

No sabían nadar los ojos negros, ni yo, ni las lágrimas.

LA LUZ DE NUESTROS BARRIOS

PERO mi alma en los días en los que me enseñaste a no amarte ni escribirte cartas. El silencio eterno en su lugar.

Los besos engañosos que te di. Mis lágrimas por las tuyas, de alguna manera.

A partir de esa hora.

UNAS SÁBANAS EN
UNA CATEDRAL

DE un lado y del otro y *qué vas a hacer en verano.* Dejé de serlo. Y su canción.

Laissez vous aller / le temps d'un baiser / je vais vous aimer.

Dejé de ser prometedor. Me senté allí emborrachándome cada vez más. Y más enamorado y más enamorado.

LA OTRA MITAD DE
LA LUNA

DONDE quiera que estés (*¿en qué parte del mundo?*), el niño más amado de la escuela, el corazón virgen, el hijo de todos. Quién te quiso hacer así.

Tu espíritu en llamas, tus aspiraciones. Te conocí bien, sí. Muchas horas, muchas cartas, muchas noches.

Corre rápido, escapa por el bien de tu alma hasta que el fuego no sea más que luz. Nada más que luz.

MUÉVETE

SE movió sobre petirrojos, tulipanes, pasteles, gominolas. Ya era casi verano. Era verano.

Solo ellos lo pueden decir. ¿Y quién puede decirlo? Los hombres y las mujeres que perdieron un hijo. Un fuego devastador.

Mezclar productos químicos, querer estar solos; ser buenos consigo mismos pero malos entre sí, entre ellos.

Un experimento asesino, como vivir o como casarse. Muñecos de trapo con el pelo lacio. Ya fue.

Puedes verlos caer, caminan delante de nosotros, así que fueran mucho más jóvenes.

Se asoman a los precipicios, corren, saltan.

Antes de estrellarse contra las parabólicas más antiguas íbamos justo a decirles que tuvieran cuidado.

AGUJAS Y
DESGRACIAS INFINITAS

LA excursión -y la caída-
estaba planeada. Pero *seamos
cautos*.

El camino estaba cubierto
de nieve. De pronto las cadenas
deciden frenar en seco, nos
dejan en mitad de una terraza,
colgando de la barandilla, con
una sola mano.

Gritos, *lo siento*, los pies
frenéticos.

- *Agárrate, tira de mí.*

NO ESPERABA
VOLVER A VERTE

PERO es que para recorrer estos trescientos cincuenta metros con sus calles estrechas -sus calles estrechas en obras y sus badenes inundados- he tenido que dar la vuelta a toda la ciudad.

¿El destino? No lo creo. ¿Tu culpa? Sí. Casi seguro te digo que sí. Te lo digo yo, que sí.

Hay muchísimo tráfico y todos los coches circulan en sentido contrario. Y todos los conductores conducen en sentido contrario.

Tengo prisa por volver a casa. El freno no funciona del todo bien.

Piso el freno a fondo. Y casi nada. No pasa nada, o casi nada.

No, no esperaba volverte a ver.

7 DE MAYO,
KENTUCKY DERBY

NO discutimos. Te calzaste aquel chaquetón blanco de piel. La fiesta era de noche. Y hacía frío.

Te esperaban -a mí ya no- y tú con aquel pantalón de fiesta tan precioso.

Qué *arreglada* ibas -qué guapa, madre mía- y los

caballos desbocándose y lo llenaste todo de tabaco de liar.

En el cielo es ya noche cerrada y en el jardín cada centímetro de césped es un cubo de hielo.

No suena el timbre. El tabaco de liar. Lo habrás perdido. Haber apostado al 6.

DEJA LA VENTANA ABIERTA

GIRÁBAMOS y girábamos en el aire, las ventanas abiertas de par en par. Empezamos después a jugar con fuego. Una pesadilla.

Las manos pequeñas que pintaron bajo tu ventana estas nubes que han decidido contarlo todo. Pero tan asustadas. Tan asustadas.

Y cuatro o cinco cosas más. Aquello no era un barco enorme y quieto, como escribiste. Era el reflejo de la casa del vecino. Y tu noche en el reflejo.

La navaja. Una navaja cualquiera. Ni él, ni tú, ni yo. La alucinante muerte del payaso que decidió tomar decisiones.

La curva de *San Donato* en Mugello. Donde la lluvia revienta la pintura y descubre sin piedad nuestras máscaras.

La luna llena. Las sorpresas. Los gansos al vuelo. Los perros que muerden.

EL ÚNICO GRITO DE PENA

CREO que son el único camino a tu corazón, las palabras.

Las busco cuando ya ha pasado lo que tenía que decir. Lo he dicho. Y dónde estás.

Qué sentido tiene la desesperanza herida. La resaca de toda una década.

Esta distancia.

-FIN-

You see I'm trying in all my stories to get the feeling of the actual life across—not just to depict life—or criticize it—but to actually make it alive. So that when you have read something by me you actually experience the thing. You can't do this without putting in the bad and the ugly as well as what is beautiful. Because if it is all beautiful, you can't believe in it. Things aren't that way. It is only by showing both sides, three dimensions, and if possible, four, that you can write the way I want to.

ERNEST HEMINGWAY

(pasaje de una carta a su padre)

*Al amanecer los niños
montaron en sus triciclos
y nunca regresaron.*

LEOPOLDO MARÍA PANERO

Printed in Great Britain
by Amazon